문학과지성 시인선 **554**

스키드

윤지양 시집

문학과지성사

문학과지성 시인선 554

스키드

펴 낸 날 2021년 6월 7일

지 은 이 윤지양
펴 낸 이 이광호
주   간 이근혜
편   집 이민희 최지인 조은혜 박선우 방원경
펴 낸 곳 ㈜문학과지성사
등록번호 제1993-000098호
주   소 04034 서울 마포구 잔다리로7길 18(서교동 377-20)
전   화 02)338-7224
팩   스 02)323-4180(편집)   02)338-7221(영업)
전자우편 moonji@moonji.com
홈페이지 www.moonji.com

ⓒ 윤지양, 2021. Printed in Seoul, Korea

ISBN 978-89-320-3861-2 03810

이 책은 서울문화재단의 '2021년 첫 책 발간 지원사업'의 지원을 받아 발간되었습니다.

문학과지성 시인선 554

스키드

윤지양

시인의 말

나는 한 명의 목격자다.

2021년 초여름
윤지양

스키드

차례

목수

물장난

박하사탕

해설

만

공룡섬

꿈에서 발자국이 나왔습니다

그대로 밟고 올라서자
화를 냈습니다

어째서 자신의 무릎을 함부로 밟는 거냐고
도대체 생각이란 게 있는 건지 물었습니다

나는 그것이 정강이뼈인 줄 몰랐다고 해명해야 했지요

그는 화를 내고 가버렸습니다

다시 가지 않는 언덕에
흰 철쭉이 피었습니다

ㅂ
―여섯 개의 눈

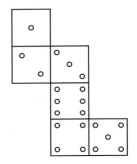

칸에 들어갈 수 있는 단어는 다음과 같다

⚀ : 배 비 방 별 밖 밤 벽 병 불

⚁ : 벌레 보석 부적 방귀 부케 북어 바다 비누

⚂ : 배춧잎 바구니 복숭아 방앗간 봉선화 베이징 복상사

⚃ : 버섯농장 바람막이 바닷가재 보라색꽃 비타민디
빈속에술

⚄ : 바로크양식 베를린광장 배나무다리 밤의마녀들
배고픈거지

⚅ : 배심원의선택 보통이아닌데 바지락칼국수 배알이
꼴린다

칸에 들어갈 수 없는 단어를 나열하시오

누군가의 모자

민더니켈*은 매일 저녁 그렇듯 그날 저녁 또한 눈을 감고 검은 모자에 대해 생각했다.

둥글고 속이 빈

채울 수 없는

생각이 여기까지 미쳤을 때 그는 깜빡했던 것을 떠올렸다. 머리에 채워진 쇳물을 빼기 위해 고개를 기울였다. 그가 기울이는 곳마다 바닥에 검은 얼룩이 지고 누군가 그것을 검은 모자의 말이라고 했다.

검은 모자의 말은 다음과 같이 시작된다.

"나는"으로 시작해 "다"로 끝나는 검은 모자는 여름에 유난히 땀이 찰 정도로 더웠다.

민더니켈은 화분에 물을 주러 밖으로 나섰다.

검은 모자의 말은 "다"로 끝나고 언제나 시작한 적이 없다. 민더니켈만이 길가에 핀 개똥 앞에서 서성였다.

"불쌍한… 가엾고 비열한… 따뜻하고 더러운…"

어느 날 영문도 모르고 태어난 똥은 길가에 홀로 덩그러니 앉아 있었다. 그는 아무런 죄책감도 느끼지 않았는데 이는 그가 존엄하기 때문이다. 태어난 이라면 누구나 느낄 법한 수치심이라든지 부끄러움을 그는 느끼지 못했다.

내리쬐는 햇빛
바싹 말라가는 피부

민더니켈은 지팡이를 들고 휘적휘적 걸었다.
길은 점점 엄숙해지고 있었다.

* 토마스 만의 소설 『토비아스 민더니켈』에 등장하는 인물.

14마일

일곱 살에 곰을 낳고 말했다
내가 아닌 것을 증오해
나를 닮은 것들을

그러나 곰은 무성히도 자랐고
나를 따라다니며 작은 꼬리를 흔들었다

여름이 되어
나는 곰의 머리를 밀었다
그가 아장아장 걸을 때
절벽으로 가 기도를 했다

누가 이 미련한 곰의 엄마가 될 수 있을까
그때 14마일이 남은 것은 아니었다

곰을 데리고 드라이브를 갔다
그는 아직 젖병을 물고 있었다

나는 일곱 살 된 곰에게 말했다

너 또한 네가 아닌 것을
언젠가 증오한다고 말할 거야
젖꼭지에서 입을 떼고 말이지
그러고는 끼어드는 차를 향해 젖병을 던졌다

사과나무 아래를 지날 때
벌이 날아왔고
곰이 울었다
나는 곰의 엉덩이를 때렸다
곰이 더 울었다
그는 나만큼 커져 있었다
곰은 붉은 눈으로 나를 쳐다보았다

자동차를 멈추고 우리는
서로의 뺨을 갈겼다

초록 알러지

초록이 미소 코끝에
재채기
재채기
재채기

날아가는 미소 곧
떨어진다

초록이 발끝에 미소

축구공을 찼다

사라진 초록이

문으로 넘나든다
창이 깨지는 소리가 들리지 않았니

찾아내 재채기
공이 구른다 초록이 찾아내

날아가는 초록이 재채기를 찾아

돌 구른다
미소만 남은 재채기

사고실험

메리는 모르겠다고 말한다 시계를 보는 내내
숫자는 가만히 있다

차가 왔니 오지 않았니
다시 한번 모른다고 말한다
메리에게 묻는 것은 메리에 대한 믿음 때문이다 어른
은 아이를 믿는다고 말하지만 메리의 말은 믿지 않는다

믿지 않는데 믿는다는 말을 메리는 믿지 않는다 다시
한번 차가 온다

신호는 순서를 강요받는 경우에 작동한다 그렇지 않은
경우에 신호등은 켜지지 않는다

메리는 신호를 모르겠다고 말한다 모르겠어요 정말 모
르겠어요
그러나 빨간불이 켜진다
생각이 반대 방향에서 돌진한다 그러므로 다른 곳에서
충돌

다른 마음이 아프다

다시 한번 묻는다 메리에게
신호등을 본 적 있냐고

메리는 앞을 보지 못한다 숫자들은 그대로 멈춰 있다

네가 말하기를

나는 아무런 고민이 없다

늘어선 돌들

개
똥

짜장면은 딱딱해졌고
젓가락은 고민이 없어
즐겁지 않은 단무지

왁 자
지 껄

창밖에서 서성인다

수군수군

민들레가 쓸고 간 거리에
하품하는 선인장

비스킷 (28)

그는 인천에서 산다고 했지만 아니요 실물이 훨씬 부드러워요 그는 잇몸을 드러내며 웃었다

인천의 바다에선 파도를 탈 수 없다 그 누구도 그런 말은 못 했지만 파도가 높을 때

그럼 어떻게 서핑을 해요?

강원도 양양까지 가요

파도가 높다

밀려오는 바다를 보면서

해가 떨어지길 기다렸다고 했다

양양의 파도가 그를 덮친다 나는 양양에 간 적이 없다 그러나 우리는 술집을 벗어나

균형을 잡는 것은 어렵지 않아요 요 근래 양양에 대한 소식을 듣곤 했다 오토바이 소리를 들었다

화가 나는 건 내가

통제할 수 없다는 거예요

양양 앞바다에 도착한

흰색 세단과 트렁크 속

이곳엔 파도가 없다

파도가 낮다

흩어진 게거품

구두들

혹은 낮다

양양의 파도 앞에서 그가 웃고 있었다 깨진 맥주병 조각에 긁힌 어젯밤 그가 머물렀던 곳은

사진이랑 달라서 처음에 못 알아봤어요 검은 비밀 따위가 바다를 껴안고 있었다

제가 덜 꾸미고 나와서 조금씩 흘러 그리고 바다는

전국으로 유출되고 있다는 여러 개의 송곳니를 품고 있다

X

먼 길에 전봇대
아침부터 작은 새들은 보이지 않는다
피뢰침을 따라 전류가 흐르고 그러면 땅속에 수많은
번개들이 살겠지

땅을 팔 때 조심해
감전될 수가 있다
작은 사람이 맨발로 모래를 헤집었다

놀이터에서 공룡 뼈를 찾다 번개를 맞는 일

우리가 모은 도화지에서
선은 다음 종이로 흐른다

앞 장에는 무엇이 있었어?

그것은 발견되어야만 한다 수많은 X들이 땅속에 묻혀
있다 떨어뜨린 공룡은 죽어서 크레파스가 되었다는데 그
걸 찾아야만 하는 이유가 뭐야

뼈를 맞추면 그릴 수 있어?

물을 머금은 붓으로 선을 긋는 일
종이는 얼룩덜룩해진다

다시 돌아가는 길

새들이 지저귀고 있다 장면은 되풀이될수록 다른 모양
이 된다 앞 장에는 작은 비둘기 한 마리가 그려져 있었다
깃털을 그리다 종이가 넘어간다

그것은 발견되어야만 한다 수많은 X들이 식물이 되어
자랐다 뿌리에 무엇이 매달렸는지 가지는 모르지 그걸
찾아야만 하는 작은 사람은

그릴 수 있어?
눈 감고도
자랄 수 있다

돌멩이 동화

돌멩이 위에
구름 한 조각

돌멩이는 조용했다
드리웠던 그림자가 사라질 때도

햇빛이 쏟아졌고
온몸이 뜨거워졌다

밤새도록 차가웠다

누가 차는 바람에 굴러가기도 했다

반짝반짝
비가 내리면

다 그친 뒤에 돌멩이는 생각했다

나의 기쁨과 슬픔을

함께 나누고 싶어

천년이 지나
돌가루가 되고 있다

작은 이야기에서 만난 작은 사람들

아이는 아이의 말을 아주 천천히 이해했다
놀이터에 혼자 앉아 흙을 퍼내고
다시 덮는 시간처럼

아이들이 만나서 꿈을 꾸었다
함께 모여 땅을 파기 시작했다 바람이 덮지 못하게
이 구멍에서 모두 만나는 거야
고개를 끄덕였다

깊은 우물이었다
한 아이가 두레박이라고 하자
다른 아이가 양철이라고 말했다

아이들은 집으로 돌아와 함께 팠던 우물에 대해 생각
했다 그것처럼 크고 그것처럼 깊은 우물이 세상에 어디
있을까 아이는 우물을 생각하고 또 생각했다 그러나 우물
은 단 하나뿐이고 단 한 번뿐인 기억이다 모든 아이가 우
물을 모두 기억할 리는 없고 우물은 모두에게 하나가 아
니기도 했다 우물은 어쩌면 그렇게 깊지 않을지도 모른다

그건 분명 세상에서 가장 깊은 우물이었는데
한 아이가 말했다
다른 아이가 무슨 우물 하고 묻는다
말했던 아이는 대답을 못 하고
예전에 그런 우물이 있었을지도 모르지 우리는 그때
모두 우물을 한 손에 쥐고 있었는데
달아나버렸어
아니야
달아난 건 두레박이야
낮잠을 자던 아이가 성급하게 깨어나 말한다
누가 양철을 묻고 있었어

깊은 여름이었는데 말이지

50가지 시작법

1 별 상관없는 이미지의 나열

2 별 상관없는 소리를 나열

3 변주하기

3 앞선 것 반복

2 오독을 유도하기

4 별 같잖은 생각을 그럴싸하게 별일인 양

5 대단한 생각을 같잖은 것처럼 쓰기

7 건너뛰기

8 클리셰 무침

9 금기에 도전

10 방귀 뀌기 소음 내기 방해하기

11 야! 어쩌라고!

12 오늘 처음 본 사람이랑 Death in Vegas 듣기

13 커피 마시고 설레기

14 연애하기

15 후회하기

16 과거로 거슬러 가기

17 다시 돌아오지만 별반 달라지지 않음

18 그냥 살기

25 나이키 런클럽 가입

25.3 기어가기

26 방금 썼던 것 다 갈아엎기

27 엉덩방아

28 방금 나 쳤냐

29 아닌데

30 지나가는 풍경 다가오는 풍경 찍기

31 흔들린 사진 지우기

32 자해 혹은 자기혐오

33 따뜻한 오줌 누기

34 무한한 긍정 자기애 자존감 무엇이든 추켜세우기

35 거울을 보고 여드름을 깨닫다

36 분노의 따발총

37 킬러 되기

별들에게

밤하늘에
반짝이는
똥구멍들

어둠마저
덮지못한
날개달린
엉덩이들

축복해요
우릴위해
기도문을
외웁시다

시시시작

하늘에
개
신

우리 아버지
이름이 루키

배고파요
밥주세요
제꼬리를
봐주세요

그곳은요
서럽고도
따뜻해요

제고향은
서울시가
아니에요
그러니까

메데타시
메데타시

사람들이
꿍무니를
빼어두고
떠났어요

공원에서
마이크테
스트마이
크테스트

사진찍는
웃는안녕

할아버지
안녕해봐
강아지가

가로수에

쉬를하고
여기저기
냄새맡는
애기똥풀

그곳에서
서있었던
미운사람

물어뜯은
고운얼굴

알레르기
두드러기
대상포진
심장마비

그림자를
따라가다

마주쳤던
구멍들아

그믐달에
달맞이꽃
누가심음

이아저씨
말다했어
그래다했
다어쩔래

맥주캔이
뒹굴었다

아아아아

오지말걸
그랬어요

주공 아파트

새똥과 담뱃재 벽돌들

멍 멍 멍 멍 멍 계단 멍 멍 문 열어 멍
멍 멍 멍 멍 쾅쾅 계단 멍 멍 멍 멍 멍
멍 멍 쾅쾅쾅쾅쾅 계단 멍 멍 쨍그랑

계단
계단
계단

눈이 나쁜 언니 계단에서 편지를 쓰는데
전단지 깔고 앉아 계단 빨간 글자를 찾자
동생은 아빠 신발을 계단 신고 굴러갔다

한 번에 세 칸 계단을 뛰어넘을 수 있다
연필이 굴러갔다 계단 계속 써야 하는데
구르다 멈춘 동생 계단 머리에 피가 나

떨어진 물건들 계단 거미줄을 뚫고 나간
나는 단 한 번도 계단 놀란 적이 없다
깨진 거울 위 굳은 계단 거미들의 무덤

만수야 노올자

숨은 그림 찾기

아침이 그네를 삼키고 날아간다

전깃줄에 걸린 비행기

머리 끈은 철봉에서 돌다가
누가 숨는 소리를 들었대

타이어는 뭘 하고 있었는데

운동화를 신고 뛰었지
바닥이 노래질 때까지 하늘이
물들 때까지 자꾸
더러워지면 엄마한테 혼날 텐데

그림자가 길어지고
모두 멈추었다 길가에 핀
돌들은 코스모스를 사랑해

낮은 길어지는 겨드랑이 옆에 있다

당신은 중요한 메시지가 있다

2018년 2월 27일 오후 4:44

친애하는 고객

당신의 전자우편 계정의 관심사 그리고 안전 때문에 우리는 이 경고 메시지를 발행했다.

당신은 한 개의 새로운 안전 메시지가 있다.

읽기 위하여 아래에 연결을 누르십시오.

계속하기 위하여에 여기에서 누르십시오.

근실하게
Daum.

순간 삐거덕거리는 소리가 났고

작은 몸짓만으로 도서관이 무너질 것 같았다.

기둥에 반쯤 잘린 사람

파리라고 쓰는 순간 창문에 붙어 윙윙대는 것을 멈추었다.

똑같이 찍어낸 듯한 고무 밑창들이 발소리를 복사하고 끼익 끽 멈춤. 끼익 끽 안 멈춤. 안 멈춤. 춤. 춤.

부르르 날개를 털고 발을 비빈다.

시끄러워 조용히 해

나는 나무가 흔들리는 모습을 보는 게 좋아 내 앞에서 꺼져줄래 제발 앞에서 지랄 떨지 마 검고 작은 얼룩에게, 더 떨다간 널 죽여버릴 거야

똥파리. 똥에서 태어난 유충. 기어오른다. 창. 허옇게 붙은 파리 똥. 파리 오줌. 파리 땀. 파리 정액. 파리 침. 파리 귓밥. 파리 눈곱. 파리 코딱지. 파리 하품. 파리 한숨. 파리 숨. 숨. 파아. 허연 유리.

나무 투명한 나무 또 나무 또는 (소리 없는) 날개

가방 비평

가방은 온몸이 구겨져 있다.

책상과 옷장 사이의 구석에 처박혀 있음에도 아랑곳하지 않고 그저 숨을 죽이고 무언가를 기다린다. 그것이 내가 아니길 바란다. 나는 가방에 대해 생각하지만 이것을 지금 집어 들 생각은 없다.

가방에는 작은 주머니가 총 네 개 달려 있다. 윗주머니 하나와 옆주머니 두 개, 아래 주머니는 지퍼 두 개가 달려서 마치 두 개의 주머니처럼 쓸 수 있다.

가방의 핵심 부분인 내장을 들여다보자. 이 또한 지퍼 두 개가 달려 있어 두 칸으로 쓸 수 있다. 등 쪽에 있는 칸은 책이나 노트북을 따로 분리해 넣으라는 듯한 주머니가 달려 있다. 그래서 이 가방은 작은 주머니까지 합해서, 수납 공간이 총 여덟 개이다.

어디로든 떠나고 싶다는 생각에 산 것이지만 이 가방을 메고 집에서 250킬로미터 이상 떨어진 공간으로 이동한 적은 없다.

돌아다닌 곳에 대해 기술할 마음은 들지 않는다. 가방과 얽힌 이야기는 딱히 없다. 나는 물건을 깨끗하고 정갈하게 쓰는 편이므로.

팔을 뻗으면 닿을 거리에 있지만 굳이 들춰보고 싶지 않다. 이것은 책을 읽고 나서 책에 대해 비평할 때, 비평가가 순전히 자신의 기억과 감관으로 책에 대해 쓰는 것과 같다. 아주 오만하고 게으른 비평이라는 소리이다.

좋은 비평이라면 우선 가방을 들고 그 안에 무엇이 들었는지 제대로 살필 것이다. 나는 게으른 비평가이므로 가방 안에 필통이 있다고 상정한다. 그것은 없었던 적이 없다. 그리고 이 착각은, 가끔 가방에 필통이 없을 때 불안에 떨게 한다.

그게 어디로 간 거지?

그러나 필통에 발이 달렸을 리는 없다. 그저 필통이 가방 안에 있다고 상상했던 것이, 필통이 없다는 현실에 의해 배반되는 순간 당혹감을 조성한 것이다.

따라서 우주에서 가방의 존재는 두 가지로 나타난다.

첫째, 무언가를 담아서 보관하는 것.
이것은 기본적으로 알고 있는 가방에 대한 사실이자 대부분의 사람이 합의한 개념이다.
둘째, 무언가가 들어 있을 거라고 상상하는 매체.
이것은 일전의 서술——가방 속에 있을 거라고 생각했던 필통이 없을 때 느끼는 불안, 당혹감——에 의해 증명되었다.

매일 아침 가방을 메고 떠난다.

목수

ㅂ

——여섯 개의 눈

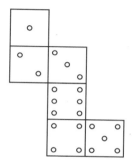

칸에 들어갈 수 있는 단어는 다음과 같다

⚀ : 밥 볼 붓 뱀 빗 벽 발 북 빛

⚁ : 방석 블록 비녀 보수 부평 병원 바지 번호

⚂ : 벙거지 부동산 바지춤 부메랑 배란일 보자기 베레모

⚃ : 빙그르르 바이올린 브래지어 브로콜리 보릿고개
바이러스

⚄ : 바리케이드 방사선물질 배달의민족 빙산의일각
반말하지마

⚅ : 비현실주의자 병자수호조약 보편적인노래 부장님
휴가중

다음은 입체의 한 면이다

| 스크 |
| 류바 |

나머지 칸에 들어갈 수 없는 단어를 나열하시오

중정이 있는 집

한가운데에
민더니켈*이 있었다

금요일 밤
정원사는 모자를 잃어버렸다

*   월넛가에 등장하는 한 보리수나무.

호수가 사랑한 오후

아빠는 휩쓸려 열차를 탔다

열차에서 나는 시큼한 냄새
옆 사람이 흘리는
창밖에 호수

열차에서 내린다

사람들이 호수를 구경했다 아빠는 바지를 내렸다
사람들이 아빠를 구경했다 아빠는 팬티 바람이었다
사람들이 오리배를 탔다 아빠는 수영을 했다

호수 위를 지나가는 열차
한동안 아빠는 물속에 있었다

개가 짖고 사람들이 몰려든다
호숫가에서 발견된
옷들이 가지런히 놓여 있다
아빠는 한참 하늘을 바라보았다

배를 타고 지나가는 사람들
열차가 또 한 번 지나간다
젖은 채로 열차를 탔다

오리배 아래 암모나이트
사람들은 화석에 대해 연구합니다
호수 밑에는 수많은 생명이 살고 있습니다
그는 혀가 사라진 채 발견되었다

열차가 또 한 번 지나갔다 땀 흘리던 사람
열차에서 내렸다

많은 사람들이 호수를 사랑했다

가위

눈앞에 사물들이 보였다 잠자기 전에 본 풍경들
　　그리고 왼편에서 그림자가 달려가고 있었
　다 어떻게라도 소리 지르고 싶었다 일어
　나서 눈앞에 보이는 문을 잡고 밖으
로 나가고 싶었다 그러나 그럴 수
없었다 밖으로 나가려고 했
는데 꼼짝도 못 했
　다 머리를
　　이리저리
　　　흔들어
　　　　보았다
　　　　　포기하고 다시
　　　　잠을 청해보려 했지만
　　　답답한 것을 도무지 참을 수
　　없었다 다시 머리를 온몸을 흔들고 싶
었다 잘 안 되었다 몇 번을 반복했을까 갑자기
　　　　　　　　　　　　　　　　탁

드디어 손을 움직일 수 있었다 일어설 수 있었다 문고
리를 잡고 방 바깥으로 나갈 수 있었다

짓누르는 실체가 그림자였다는 것을 왼편의 환영이었
던 것을

온몸에 힘이 들고 혹은 일어나 보니

땀에 젖어 있고 머리가 짓눌렸고 머리카락이 엉켜 있
는 이유를

드디어 알아냈다 나는 일어나고 싶었는데

일어나지 못해 싫었는데 그

러지 못하고 있는 것이다

글루미 선데이

영화는 보지 못함. 제목이 맞는지도 모르겠음. 나에게 일요일은 우울함. 왜인지 모르겠지만 우울함. 그냥 우울함. 방에 있는 불도 켜고 싶지 않음. 그래서 어두움. 그리고 우울함. 새소리 들림. 우울함. 아무것도 하고 싶지 않음. 휴대폰 함. 계속 누워 있고 싶음. 이것이 우울함인지는 모르겠음. 아무튼 우울함. 그리고 월요일이 되면 나는 우울하지 않음.

매주 일요일이면 나는 교회에 갔음. 엄마가 데리고 감. 이젠 안 감. 혼자 집에 있음. 우울함. 신으로부터 버려짐. 서운함. 교회에 갈 때 행복했는지는 모르겠음. 우울함. 하지만 자유로움. 새소리 계속 들림. 우울함. 아무것도 하고 싶지 않음. 어쩌면 우울하지 않은 건지 모르겠음. 지금쯤이면 예배가 끝남. 우울하지 않음. 이곳은 어두움. 그러나 햇빛이 강렬함. 추측임. 방이 더워지고 있음. 신은 우울한지 안 우울한지 모르겠음.

배가 고파져서 일어남. 그러나 냉장고엔 반찬이 없음. 밥을 안치고 반찬 가게에 다녀왔다.
♬😊😊♫●*¨*●.,

지금은 식탁 앞에 앉아 있다. 글루미 선데이를 검색했을 때 그것이 7년 전에 본 영화라는 것을 깨달았다. 김에게서 연락이 왔다.

잘 지내? 조만간 보자.

♬☻☺♫•*¨*•.¸

신과 연락하지 않은 지 오래됨. 먼저 연락을 씹은 건 신이었음. 우연이었음. 아니었음. 한쪽이 거짓말했음. 동시에 하나의 메시지를 보고 있었다. 우연이 아니더라도

김에게 답장했다. 그동안 잘 지내고 있어.

♬☻☺♫•*¨*•.¸

밥이 데워지고 있음.

대나무 숲

삼 년 만에 꿈속에서 본 언니가 이혼했다고 말했다
언제 언니 결혼은 언제 했는데
그렇게 되었다고 말했어 언니처럼
꿈속에 있는 사람이 웃었어

머리는 왜 그렇게 자른 거야
앞머리를 두껍게 내려서
머리가 새까매 보이잖아
사람이 무거워 보이잖아

어깨에 기댔다
가방끈을 한쪽만 둘렀을 때
언니는 떨어진 단추를 보여주며
내 눈 같다고 웃었지
따라 웃었어
어색해지는 게 싫어서
끝나고 옥상에서 보기로 했잖아
팔짱을 끼고 걸었어

나는 어제 다른 사람이랑 옥상에 올라갔어
까맣고 별이 하나도 안 보이더라
그리고 걔는 떨어졌어
걔 일이니까 나는 다른 말 안 하잖아
양쪽 주머니에 두 눈이 있고
풀이 무성했어 그리고 녹색은 왜 부드러울까

언니는 무엇을 봤어
나는 돌 말고 아무것도 안 봤어
사람들이 온다
언니는 왜 풀었어

풀이 죽었어
그런데 왜 웃었어

다섯 가지 단어 설명서

1. 단어들

태양: 최상이자 최고의 것. 없어서는 안 될 소중한 존재. 지구는 태양 주위를 돌며 그러므로 시간이 생긴다.

나: 눈을 감고 홀로 섰을 때 있다고 느끼는 것. 주변에 아무것도 없어도 살아 있는 한 항상 존재한다. 그것을 칭할 수 있는 단어.

너: 나의 반대말. 내가 인지할 수 있는 것. 분리시켜 생각할 수 있는 것. '태양'을 '너'로 지칭할 수도 있다.

다음 두 가지 동사는 '나' '너' '태양' 간의 상호작용을 나타낸다.

부드럽다: 적당한 상태. 친근하고 포근한 상태로 딱 맞는 퍼즐과 같다.

따갑다: 맞지 않는 상태. 적절한 상태에 있지 않은 것. 이를테면 태양은 너무 뜨거워도 따갑고 너무 차가워도 따갑다.

2. 원칙과 응용

제1원칙. 행위를 가하는 대상이 앞에 온다.

제2원칙. 동사 없이 명사만 나열 가능하다.

제3원칙. 제1, 2원칙의 예외가 있을 수 있다.

1) 나는 최고의 상태에 있다
나태양

2) 나는 최적의 상태다
나부드럽다

3) 나와 너는 적절한 상태다 (친근한 상태)
나부드럽다너
너부드럽다나

4) 너가 나를 괴롭힌다
너따갑다나

5) 나와 너의 거리감
나

너

6) 나의 절망적인 상황

태양

따

갑

다

너따갑다나

7) 낯선 상황이다

너 너 너 너 너 너 너 너 너

너   너

너   나   너

너   너

너 너 너 너 너 너 너 너 너

그 외의 응용이 가능하다

3. 실전

태양따갑다   나

태양부드럽다나
태양따갑다나
나

나나나나나나나
나나나나나나나
나나나나나나나

나   너
나따갑다   너
나부드럽다너
너따갑다나
너

너너너너너너너
너너너너너너너
너너너너너너너

태양

민트의 집

민트는 어느 날 갑자기 나타났다
소설을 쓰려던 참에
내 볼펜을 가지고 갔다 죽 돌려주지 않다가

어느 날 갑자기
젖은 공책을 들고 나타났다

주지 못한 펜들이 서랍 속에 있는데
민트는 책의 일부를 북 찢고
사라졌다

장화를 신고 찾아 나선 날
갑자기 나타난 민트의 습격을 받았다
그는 내 머리털 몇 가닥을 뽑고는 가버렸다

돌아왔지만 잠이 들지 않았다
어느 날 민트는
집 천장을 가지고 갔다

뜯긴 지붕 위로 구름이 오는 것을 보았지만
오지 않는 날이 이어졌다

어느 날 갑자기 비가 내렸다

K끼리의 시대

K끼리 (   ) 신호를 기다린다
(   ) K끼리 따라
건너편 도로로 걸어갔다

(   )가 달려갔다
(   )도 달려갔다
(   )가 뛰쳐나갔다

눈을 감고 걸어가던 (   )가 자동차에 치였다

(   )가 눈물을 흘렸다
(   )는 콧물을 흘렸다
(   )는 설탕물을 흘렸다

(   )들이 모여들었다 (   )의 꽁무니를 쫓다 K끼리
마주쳤다

K끼리: 내 엉덩이가 크다고 말하지 마라!
K끼리의 (   ): 내 똥꼬가 크다고 말하지 마라!

K끼리의 (   ) : 내 똥이 크다고 말하지 마라!
K끼리의 (   ) : (

)

먼 옛날에……

생각이 나서

전화를 했다 오랜만에
걱정이 어른스럽게 말했다

너 문단에 아는 사람도 없어서 어떡하나

그러게
쓰고 싶은 대로 쓸 거라고
말할 수도 없고
말해도 들을 사람도 없고

사랑하는 것만 쓸 수도 없고
미워하는 것만 버릴 수도 없네
무엇을 담으면 넘치지 않을까

세수를 했다
양치도 하고
밥도 먹고
친구도 만나고

무엇을 담으면 부족하지 않을까
생각하다가 잠들었다

글쎄
고아도 자라면 어른이 된다니까

못쓰모: 못 쓰는 사람들의 모임

O   대가리

T   다리

ㅗ   또 다리

o   작은 대가리

O T ㅗ T T o T ㅗ O T T O

T O T T o T O T O T T o o O

O O T o ㅗ O T O T T O T T

O o O T ㅗ T O ㅗ T o T T T

T T ㅗ O T T o T T T O T o

T ㅗ o T o ㅗ o T o o o ㅗ o T o

장도리는 어디에

귀가 셋인 고양이

고양이는 귀가 두 개
또 다른 고양이는 귀가 여러 개
그리고 꼬리는 하나

그러나 두 개인 고양이가
다른 고양이에게 말한다

나는 그리지 않고
그림이 될 수 있어

다른 고양이가 지나간다

내 무릎 위엔 고양이가 없다

물 배우기

스승은 물을 가르친다. 그는 별 모양의 그릇에 물을 떠서 아이들에게 보여주었다.

그가 물에 대해 말한다.
식물은 물을 먹고 자랍니다
몸은 대개 물로 이루어졌습니다
깨끗한 물은 마실 수 있습니다
그러나 너무 많이 마시면 죽을 수도 있습니다

몇몇 아이들은 스승의 설명을 열심히 들었다. 몇몇은 졸았는데, 자라면서 물에 대해 다른 방식으로 배울지 모른다. 몇몇에겐 듣도 보도 못한 물일 것이다. 대부분 아이들은 설명을 듣는 척했고 물에 대한 몇 가지를 읊을 수 있게 되었다.

아이들은 모여서 떠들었지만 스승의 말을 모두 기억할 순 없었다. 대부분의 아이들은 물 모양이 별 모양이었다고 말한다.

한 아이가 한 송이의 꽃을 가져왔다. 스승의 첫번째 말을 기억했던 것이다. 꽃을 꽂으려다 그만 그릇을 깨뜨리고 만다. 그는 곧 울상이 되었다.

'나는 내가 물을 죽였다고 생각한다'

엎드려 울다 바닥이 축축한 것을 느낀다.
물이 별 모양이 아니라는 것을 알게 된다.

하늘색 스웨터를 입은 사람

그 사람이 놀라는 듯
바짝 당겨 묶은 머리에
주근깨는 없음
목에 큰 점이 하나
희고 둥근 턱
말을 하려는 듯
눈웃음
쌍꺼풀은 없음
코 옆이 당겨져 주름이 생김
벌어진 입속
침이 고인 혓바닥
의자 등받이
한쪽 팔을 올려
비스듬히 기대고
이쪽을 바라보나
나를 보고 있지 않음

오후가 되기 전에 떠오른 사람
이름을 붙여줘야 하는데

단 한 번도 보지 못한 사람
그 사람이 웃었다

기억 비평

그것은 일종의 주름진 벌레와 같다 얼핏 보면 짧지만 주름을 펴면 길게 늘일 수 있다 주요 *기억*이 있고 이 *기억*의 마디마디에서 디테일을 찾을 수 있다

*기억*은 (나의 경우) 대개 시각 이미지를 중심으로 이뤄지며 다른 감각이 섞여 있다 나는 옆 테이블에서 웃는 여자가 밝은 옷을 입고 긴머리였다는 사실 정도만 *기억한다* 또 내 시야에 들어온 것은 음식점 벽에 붙은 굴의 효능에 대해 쓴 글이다 누가 물을 따랐는가 숟가락을 놓았는가 동치미가 나왔을 때　먼저 드세요　말한 것은 누구인가 내 왼편에 있는 사람은 어느 시점까지 밖에 있다 나온 것일까 이것은 하나의 신scene이다 신들로 나눠지고 그 안에 디테일은 계속 찾아야 한다 그리고 디테일들을 시간 순서대로 배열하면 꽤 힘이 든다 절대 *기억나지* 않는 검은 부분은 어둠의 편집기사가 내면에 존재

한다는 것이다 나는 그가 누구인지 알 수 없다 그는 내
의식 및 무의식의 편향과 관련되어 있을 가능성이 크다

　기억이 순차적이지 않다는 것은 정신의 작용에 대하여
생각하게 한다 A부터 Z까지 배열하는 데 짜증과 지루함
이 밀려온다 중간에 다른 연상이 끼어드는데 자연스러운
정신의 흐름대로라면 기억은 순차적이지 않다 배열하기
위해 다시 되돌리고 멈추었다 재생하는 과정에서 고도의
집중력이 필요하다

　　　　　　확실히 정신은 편향적이다.

　기억을 방해하는 것은 생각이다 이 은 다른 기억을
일으키기도 하고 기 이 순차적으로 진 는 것을 는다.
생각은 어둠의 편 자와 달리 의식   차원에서 이뤄진다.
생각은 기억에 대해 판단하고 이것을   나 좋다고 말한
다. 루하거나 재   고 말한다. 생   이 많으면 기억하는
데   지 않다. 그는 아마 많은 것을 기 하지 못할 것이며
제대로 된 순 를 생각   것도 어려울 것이다.

생각은/기억에 칼질/하는 것과 같다.//하지만/생각하지 않으면/기억은 활용할 수 없다.//인간은 생각을 통해/기억을 다듬어서/추후 생활에/유용한 재료로 쓸 수 있다.//언어 작용은/이 과정에서 나타난다.//하지만 너무 많은 생각은/기억을 난도질/하는 것과 같으며/재료의 형체를 망가뜨린다.//

이중 혹은 다중 기억

기억하기 위해선 *기억*이 필요하다. *기억*은 다음의 의미로 나눠지는데

1. 경험한 것을 머릿속에 저장한다

2. 머릿속에 저장한 것을 읽어 들인다

이것은 *기억하다*라는 동사를 활용할 때 나눠지는 의미이다. (미래형으로 쓸 때 1의 개념, 과거형으로 쓸 때 2의 개념이 주로 나타난다.) *기억*은 또 다른 *기억*을 형성하고

서로에게 뿌리내리고 있다. 생각은 *기억*의 일부인데 기호화되는 것과 깊은 연관이 있을 것으로 추측된다. 기호화된 *기억*은 원천 기억을 편집하고 재단한다. 그 과정에서 자신에게 유리한/불리한/즐거운/괴롭히는 정신작용이 일어난다

더 생각해볼 것: ~~ㅋ의 카테고라~~. ㄱ화된 *기억*

친구 혹은 연인 혹은 평소 생각지 못한 사람이 떨어져 있어도 비슷한 시기에 서로를 생각하는 것에 대해(가설)

비슷한 경험을 한 사람들은 아마 그 경험의 *기억*이 뇌의 비슷한 부분에 저장될 것이다.
~~(세로 세포와 가로 세포 실험 찾아볼 것)~~
그리고 다른 오감 등이 작동할 때/다른 부분의 자극이 저장된 *기억*을 건드린다.
이때 우리는 어느 정도 같은 대기에서 산다는 것을 *기억해야* 한다. 비슷한 날씨를 경험하며 매스미디어를 통해 사건 사고를 접하는 경우도 비슷한 감각을 형성한다.

이러한 비슷한 감각의 경험은 특정 *기억*을 떠올리게 한다.

예) 비가 오는 날 A와 커피를 마셨는데 다른 날 비가 올 때 A와 커피 마신 *기억*을 떠올린다. ~~혹은 커피만 마셔도 A를 떠올릴 수 있다.~~ 현대인의 생활 방식은 어느 정도 규격화되었기 때문에 비슷한 체험, 감각을 경험할 가능성이 크다. 이 작용은 A가 나를 떠올릴 때 나타나기도 한다.

따라서 비슷한 시기에 서로를 떠올리는 것은 ~~어쩌면~~ 당연한 일이다.

그러나 비슷한 경험을 해도 서로를 떠올리지 않는다면 그 경험의 순간에 서로 다른 생각을 했기 때문이다. 생각에 골몰하는 것은 공통 *기억*을 형성하는 것을 차단한다. 그저 순간을 누리는 *기억*만이 서로를 떠올리게 한다.

생각과 사회화에 대하여

생각은 개인적이고 *기억*은 공통적이다. 생각은 기호화된 *기억*이며 *기억*하는 것은

미음의 마음

무언가를 쥔 듯이
손을 펴고 잤다

길을 가다 모난 돌을 보았다
네모나고 한 손에 쥘 수 있을 것 같았다

벽돌을 삼키는 사람이 있었다

누군가의 집이 되는 중이었다

아 복숭아

아 복숭아! 못 알아듣니 복숭아야
복숭아나 해 복숭아 같은 복숭아야
복숭아는 복숭아를 복숭아하니까 복숭아인 모양이다
나는 아직도 복숭아하고 복숭아가 나서 복숭아가 복숭아
해버렸다

진짜 복숭아 복숭아야 복숭 복숭하니까 복숭아하니 복
숭이가 복숭아하니 복숭아로 들리니 복숭아 복숭아 한
복숭아 매일 복숭아하는 복숭아는 복숭아인 복숭아

말귀를 못 알아듣는 복숭아는 복숭아해서 복숭아하고
복숭아하다 이 잘난 복숭아야 그러므로 복숭아는 복숭아
를 복숭아했다 어쩌라고 복숭아!

물장난

봄, 벼랑, 발가락

붙잡는 거지 그럼에도 걷지*

해가 사라졌다 5시 26분경
바닷속
매끈한 달걀이

소금에 유의하시오
파도가 칠 경우 이 층으로 대피하시오 적색 신호에 한
발을 찍고 돌아가는 것을 잊지 마시오 노란 피에 대기하
시오

달걀은 해를 떠올린다

가라앉은 부표를 붙잡지 마시오 현재 이 층에는 아흔
아홉 마리의 수탉이 있소 두 발을 매달아두는 것을 잊지
마시오,라고 소금이 적다

도망간 노른자를 찾지 마시오 털이 붙어 있던 껍질을
벗고 날아가시오 빨간 물에서 헤엄치는 것을 잊지 마시오

매끈한 해를 비웃지 마시오 뭘 봐 시발새끼야 배때기

를 갈라버린다 지나가는 자동차에 욕하지 마시오 어디서
빵빵거리고 지랄이야 한번 떨어진 깃털을 주워 담지 마
시오

　바다로 전진하는 것들은 너무 이른 것들
　새벽 트럭이 떠납니다
　암탉이 세 번 울면 알을 낳습니다

　*　2019년 9월 7일. 세 여성이 모여 세 개의 점을 잇는 시도를 한다.
　　이 시는 그 과정에서 탄생된 것이다.

投

지붕 위로 오렌지가 떨어진다
다 떨어진 붉은 벽돌 대신
오렌지 벽돌
틈틈이 끼워진다

멋모르는 사람들이
지나가다 박수를 쳤다

대단해요
어쩜 그런 생각을 했어요

오렌지의 지붕
오렌지의 집
오렌지의 즙

방울이 떨어졌다

붉고 시다
오렌지를 보면

군침이 돌았다

석수

나는 역사 위에 있다

부리와 날개를 가진 돌이었다
공사판에서 태어난
머릿속이 째깍거렸다

시간을 물으러 오는 사람이 있었다
만나기로 한 아침이 철로 위에 쌓였다

새벽은 곧장 떠나

역마다 짐들이 쌓여 있다
새들은 무던히 똥을 싼다

지금이 몇 시죠?
행인이 지나간다

눈 위로 발자국이 쌓였다
사람들이 웃으며 열차를 탔다

역사가 무너지고 있었다

나는 시간을 기다렸다

눈이 녹고 이곳은 강이 된다
시간을 묻기 위해
사랑이 온다

깨어진 것들을 밟고 있었다

환상열차분야지도

꼬리에 꼬리를 물고
쓰는 법을 잊었다 머릿속 말들이 차츰 소거될 때 알게
되었다 쓰는 것은 내가 사랑하는 유일한 방식이었지만
하얀 벽지의 방에서 그 방법을 잊었다

미움이 어둡다는 말은 무책임하다 그것은 오히려 쨍한
햇빛과 같다 찌르는 말은 눈이 부시며 나는 미움으로 가
득 찬 글들이 때로 찬란하다는 것을 알고 있다

안온하다면 쓰지 않을 것이다 평화롭다면 읽지 않을
것이다 말들이 함부로 머릿속을 어지럽히는 것을 용서할
수 있다면
갉아먹는 것들
무책임하게 무언가를 사랑한다는 말은 하지 않을 것이
다 그러면 무엇을 미워해야 할까

해를 미워한다 그것이 구름을 뚫고 눈을 찌르는 게 싫
다 그것은 멀쩡한 물건을 꿰뚫고 그 속으로 파고든다

어느 날 신발에 커다란 구멍이 생겼다는 것을 발견했
다 맨발로 어질러진 말들을 주웠다 흰색인 줄 알았던 벽
지는 회색에 가까웠다

거울 위로 발자국이 찍혀 있다 시큼한 냄새 향수병이
깨져 있다 의자는 주저앉았다 기억나지 않는 마음은 고
요함을 유지했다 미워했던 꽃다발들이
무너져 내린다
열한 번의 낮
열한 번의 밤
집이 부서지고 있었다 고장 난 시계가 하루 종일 돌
아가는 방 누군가 창문을 열어두었다 빛이 쏟아졌다 발
진 두번째 발작이었다 커튼을 찾아야만 했다 찾을 수 없
었다
쥐는 집의 온갖 것을 가지고 도망쳤다

잠 위에 먼지들이 쏟아질 때 나는 관 속에 들어갔다

목사님이 깨어질 때 우리는 파편을 보고 있었습니다 금방이라도 깨어날 것 같은 붉은 뺨의 목사님 우리가 철자를 틀렸을 때

쓰러졌던 목사님 어둠 속에서 모든 사탄 마귀와 영육간에 강건과 부활할 것을 믿는 언제나 잠들었던 것 같은

살아 계신 빛의 목사님

우리는 관 속에서 다른 말을 쓸 수 있게 되길 기다렸습니다

그렇게 수백 년이 흘렀다

열두번째 쥐가 속삭였다

우리는 이교도였다

잘린 꼬리를 물고

접시는 모조리 깨졌으나 나오지 않았다 새로운 쥐구멍을 쓰는 법에 대해 궁리해야만 했다 어떤 미소는 빛으로 도려내고 싶다

그것은 거울 속에 있으나 그곳으로 걸어가는 방법에
이르지는 못했다

One day, the couch believed herself to be a poet

The poet stabbed all corners of her cushion deeply
Each time with short, clear sentences.

For example:

I am a whale (plunge)

a sick elephant (plunge)

a silver anaconda (plunge)

Though the poet realized with every jab that she was quite fluffy,

She unfortunately could not reach the revelation that she was a couch.

Only the readers viewing the whole spectacle
knew the truth.

That lady is lazy.
She always forgets something every time.

One day, the poet was eating peanuts on the couch
When she realized that those people had been nothing but nuts.

Like peanut crumbs dropped on the couch one day
They penetrate deep within and eventually scatter.

As soon as she realized this fact
She began biting people's fingers.
Ouch! What are you doing?
Any finger she could catch, she chewed and devoured.
Surprised by how everything could be ruined so soon,
The nuts cried out and ran away with the broken things
in disarray.

That lady is shameless.
She always cuts and eats away a piece every time.

This is what the couch realized
This is the secret of the deep peanut.

망령이 군산 앞바다를 배회한다

카드를 읽던 유튜버가 지금 그 길이 아니라고 했다. 그
만두고 새로운 일을 알아보라고 했다. 나는 시를 쓰는 사
람인데 그만두고 새로 써야 한다는 걸까. 그림 속 인물들
은 몽둥이를 들고 다투거나 나뭇가지를 등지고 서 있거
나 열 개의 칼이 등에 꽂혀 있었지만 죽은 건 아니라고
했다. 다른 뜻이 있다며

신의 축복이 님을 향해 쫑쫑 쏟아진다

거룩한 말을 내뱉었다. 거부할 수 없는 구독과 좋아요.
다른 영상을 보았다. 미래의 배우자는 화끈한 성격이네
요 자수성가한 마음 따뜻한 사람이에요

성공한 개새끼들도 많으니까. 그건 내가 물어보려던
것이 아니었다. 그래서 지금 나보고 뭐 하라는 건지.

여행을 가보세요 바다나 강 물이 많은 곳으로

그의 말을 따라 군산으로 가는 열차를 예약했다. 서해
금빛열차를 타고, 그곳에 가서 밀크셰이크와 단팥빵을
먹어야지. 생각만 해도 기분이 좋았다.

사과를 던진다

기다려

아직 기다려

잘했어 기다려

기다려

기다려

기다려 잠깐만

기다려

우지끈

아직 가지가

멈춰

아니야

나무가

새가

멈춰

아니야

기다려

쨋쨋

기다려

아직이야

아직

곧

아니

기다려

나무가

나무가

쩍쩍

어느 날 소파는 자신이 시인이라고 생각했다

시인은 매번 짧고 명료한 문장으로 쿠션의 이곳저곳을
푸욱 찔러댔다
이를테면
나는 고래다(푸욱)
아픈 코끼리다(푸욱)
은빛 아나콘다다(푸욱)
쑤실 때마다 시인은 자기 자신이 꽤 푹신하다는 것을
깨달았음에도
불행히도 그 자신이 소파라는 깨달음엔 이르지 못했다
이 모든 광경을 지켜보는 독자만이
그가 사실은 소파였음을 안다

저 인간은 매사 나긋하며
매번 무언가를 까먹는군

어느 날 시인은 소파 위에서 땅콩을 까먹다가
자신과 만난 이들이 견과류에 불과했음을 깨닫게 된다
어느 날 흘린 땅콩 부스러기처럼
깊은 곳까지 파고들고 이내 흩어진다는 사실에 흠칫

놀랐다
　　그 사실을 깨닫자마자
　　그는 만나는 사람들의 손가락을 깨물었다
　　아야 뭐 하는 짓이에요
　　그는 잡히는 대로 손가락을 씹어 먹었다
　　모든 것이 곧 바스라질 수 있음에 놀라워하며
　　견과류는 소스라치게 놀라며 깨진 것들을 흘린 채 도
망갔다

　　저 인간은 매사 뻔뻔하며
　　매번 무언가를 잘라 먹는군

　　이것은 소파의 깨달음이며
　　속 깊은 땅콩의 비밀이다

가. 나. 다.

글자는 얇은 코트를 입고 길을 걷다.가.
커다.란 구멍을 발견했다.
낙엽 쌓인 날이었다.

조용한 구멍이 글자를 불렀다.

나.는 더 이상 쓸 수 없다.

글자는 코트를 벗고 구멍 위에 덮었다.
그리고 기다렸다.

자전거가. 지나쳤고
피하려던 사람이 옆 사람을 밀었다.
옆 사람은 모자를 떨어뜨렸는데
줍다가. 다른 사람의 발을 밟았다.

다른 사람이 화를 냈다.
관목 아래 참새가. 흩어지고
머플러를 맨 사람이 화들짝 놀랐다.

뒷걸음질 치던 사람이 빠졌

현대미문의 사건

그만하자
침대에 누운 세 마리의 새가 모이를 쪼다
자신이 그만 까마귀라는 것을 알았을 때

누워 있던 머리빗은
방금 지나온 곳이 꽃집이라는 것을 깨달았고
해바라기는 아직 그곳에 있다

마루는 밝고
하루는 온종일 떠들고
까마귀는 자꾸 동네를 돌았다
반짝이는
눈동자가 그리워

거울 속, 나는 꽃집의 창문을 부수고 싶었다

이런 것은 놀랍지 않고
나는 세 발로 선 인간이에요

저기 깃털을 떨어뜨렸어요
창가에 앉은 사람은 바라보는 사람인가요
글쎄요 아주 추운 계절이라는 사실은 분명하다

고로 나는 마귀예요

이미 본 눈동자는 멀었다 집은 무너진 지 오래라
숨바꼭질을 하다 숨이 차면

잎을 자르고 도망갔다

전원 미풍 약풍 강풍

0 1 0 0

밤이었다. 눈을 떴을 때 아무것도 보이지 않았다. 발가락으로 더듬다

0 0 1 0

새벽에 매미 우는 소리를 듣지 못한 것 같다. 여름엔 매미가 커지고 점점 커져서 새를 잡아먹는다. 새소리를 들을 수 없다.

1 0 0 0

숨이 막히는 줄 알았어.

0 1 0 0

비행기 엔진 소리
잡아먹힌 새가 매미가 되는 소리

1 0 0 0

(나는 이곳에 없다.)

0 0 0 1

침대 위의 옷가지

0 1 0 0

침대는 깨끗하다. 아직은 숨이 막힐 때가 아니다. 탁자
위 물 한 컵

0 0 1 0

(이곳에 없다.)

뮤즐리 그러나

쓰는 것은 바나나를 마주하는 것
까먹은 일에 대해 미끄러지는 것
노랗게 질리는 것
하지만 맛있게 우는 것

한 연이 지나도 바나나는 그대로다
몇 줄 쓰는 것은 어렵지 않다

마트로 가는 길에 넘어질 확률은
세상이 한 발로 뭉개지는 경험만큼 빈번하며
바나나의 속은 알 수 없다

이것은 아직 일어난 일이 아니다
견과류가 쓴 편지는 돌아오지 않을지 모른다

긴 답장을 기다리는 것
카트를 끄는 광경을 생각하는 것은 쉽다

ㅂ

아직 작대기가 발명되지 않았을 때
ㅁ은 다음 세계를 생각할 수 없었다

ㅁ은 작대기를 모르므로
지금 말하는 게 작대기인 것조차 모르므로
스스로를 발명해야 했다

                                    ㅇ이 굴러간다
                            완벽한 단 하나의 ㅇ

ㅁ이 동경하는 단 하나

                                굴러가는 ㅇ

관절을 눌러도 펴지지 않는다
부러지는 것밖에 할 수 없으므로

ㅁ이 소리친다
아파
아프다고

나는 부러지고 싶지 않은데

ㅇ은 굴러가고

그게 죽도록 부러웠다
나는 왜 움직일 수 없나요

ㅁ이 고래고래 악을 쓴다
공간은 매우 헐겁고 작은 소리만으로도 흔들리는데

천장이 무너지고
그는 이제 무너진 공간이었다

좋아하는 것을 함부로 말하고 싶을 때

자두씨
뱉는다
살이 이렇게 많이 붙었는데

자두를 드는 팔이 가늘어
내려놓고 싶다
자두는 무거워지고 싶다

손이 뚝
바닥에서 구른다

팔은 자두를 찾는다
사돈의 팔촌의 별장 앞까지 가서

자두 찾아요
자두를 잡은 손 찾아요
자두 씨 저는 당신을 사랑해요

무릎을 꿇고 빌었습니다

누군가는 손을 묻고
별장을 떠났다

여기까지
사돈의 팔촌의 별장 앞마당에 심은
자두나무의 뿌리
밟은 사슴이
쓰러진 사람을 보고 한 귓속말

찾아요
사냥꾼을 찾아요
한 방의 총으로 나를 쏴 죽일

무릎을 꿇고 빌었습니다

무소식의 방문

집 안 **문**이 발칵 뒤집혀
우뚝 선 **곰**이 등장했다

책상을 부수고 서랍장을 부수고
"포효!"
앞발로 자기 이름을 대문짝만하게
써놓았다 이곳에 아주 커다란
발바닥이 있었음 "!"

사람들은 겨울철 곰이 깨지 않게 천장으로 걸어 다녔다
봄이 와도 곰은 깨어나지 않는다

오뉴월 서리가 내릴 때
문 밖에 나가 눈을 맞았다
뒤집힌 곰의 배 속에서 곡이 흘러나왔다

모서리 놀이

상자가 다가온다 상자를 뛰어넘는다 또 다른 상자가 온다 더 높은 상자가 다가온다 또 상자를 뛰어넘는다 상자가 다가온다 상자를 뛰어넘다 멈칫한다 얼마만큼 뛰어야 하는 걸까 상자에 부딪힌다 상자가 아프다 다시 처음의 상자에게 간다 상자가 다가온다 상자를 뛰어넘는다 상자가 오는 것을 지켜보고 상자는 더욱 알록달록한 모양으로 다가온다 상자를 뛰어넘는다 상자가 다가온다 뚝뚝 끊긴 대열로 상자들이 다가온다 상자를 넘는다 부딪히면 별소리가 난다 상자가 다가와야 한다 상자를 넘어야 한다 초록 검초록 빨강 파랑 이전과 같지 않은 색으로 상자가 다가온다 미래의 상자를 예측할 수 없다 그러나 상자에 부딪히는 순간 처음의 상자를 예측한다 매번 마주치는 상자의 색을 기억할 수 없다 상자를 넘는다

아직 상자를 부수는 장소는 등장하지 않는다

바퀴

자리에 앉아 시시한 이야기를 늘어놓던 손님이
맨발로 일어나 뛰쳐나갔다
그를 맞던 주인은 무슨 영문인가 하여
그가 있던 자리에 앉았다
그가 본 주인은 어떤 모습이었던가?
주인은 그의 시선을 빌려 곧 다음과 같은 시를 쓴다

주인은 마른 몸에 곧추선 자세로 나를 본다
그는 입이 작고 먹는 것 또한 그에 걸맞는 속도로
천천히 숟가락을 들었다 내려놓는다
뜨거운 쌀알이 혀에 닿는 순간 그는
얼굴을 찌푸리나 이내 호호 불며 밥을 먹는다
그러나 그가 놓친 것이 있다면 무엇인가?

주인은 손님이 놓고 간 접시를 치운다

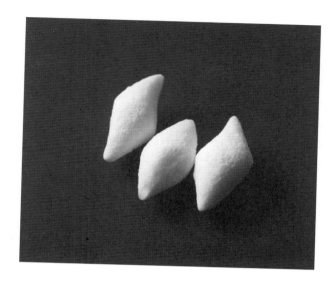

Copyright   Attribution of copyright holder : Mandatory
Commercial use : Permitted
Work product change : Permitted if application
conditions are equal
See regulations on the permit of CCL use for copyright
details

Source   National Institute of Korean Language
Copyright holder   National Institute of Korean Language

마크

홍성희
(문학평론가)

50

언니는 무엇을 봤어
─「대나무 숲」 부분

무엇을 보았다고 적을 수 있을까. 윤지양의 시는 되풀이하여 읽을수록 읽히지 않는다. 읽고 있는 내 자신의 시선에 의문을 가지게 되기 때문이다. 이를테면 「50가지 시작법」을 읽을 때, 각 행의 가장 앞에 놓인 숫자는 당연히 1부터 50까지의 숫자일 것이라 생각하게 된다. 제목이 "50가지 시작법"이기 때문이다. 그래서 처음 읽을 때에는 숫자들에 신경을 쓰지 않고 시인이 말한 '시작법'이 어떤 것들인지 명사화된 문장들만 살핀다. 25와 26

사이에 25.3이 있고 25.3 뒤에 크게 간격이 벌어져 있는 것을 볼 때에도, "기어가기"라는 항목의 내용이 25에서 26 사이를 이만큼 멀리 벌리는 것이로군, 하며 넘어간다. 그러다 숫자들을 눈여겨보게 되는 것은 이 시를 한참 반복하여 읽고 난 후 인쇄된 기호들을 멍하니 쳐다보고 있을 때이다.

> 1 별 상관없는 이미지의 나열
> 2 별 상관없는 소리를 나열
> 3 변주하기
> 3 앞선 것 반복
> 2 오독을 유도하기
> 4 별 같잖은 생각을 그럴싸하게 별일인 양
> 5 대단한 생각을 같잖은 것처럼 쓰기
> 7 건너뛰기
>
> ──「50가지 시작법」부분

시의 첫 여덟 개 행은 '시작법' 여덟 가지를 보여주는 동시에, 이 시의 각 행이 어떻게 쓰이고 있는지를 보여준다. "3 변주하기"는 앞의 두 행의 관계를 서술하고, "3 앞선 것 반복"이나 "7 건너뛰기"는 이들 행에서 이루어지고 있는 일이 무엇인지를 적는다. "2 오독을 유도하기"는 앞선 행들 전부에 대하여 이 행이 의도하는 효과가 무엇인지를 말한다. 숫자 없이 글자로 표현된 부분만 보았을 때 각 행은 말 그대로 '시작법'을 나열한 것이지만, 숫자를 포함하여 보았을 때에는 서로에게 기대어 세로로 층층이 쌓이는 하나의 긴밀한 건축물의 벽돌들로 보이기도 한다. 이 건축물에서 주요한 부분을 담당하는 것은 글자들이기보다는 숫자들이다. "1 2 3 3 2 4 5 7" 이 숫자들의 연속만 주어져도 3의 반복과 2의 역행, 6의 생략을 알아차릴 수 있다. 하지만 중요한 것은 숫자만이 아니기도 하다. "28 방금 나 쳤냐/29 아닌데" 혹은 "30 지나가는 풍경 다가오는 풍경 찍기/31 흔들린 사진 지우기"에서 숫자의 연속은 두 행을 연결된 이야기처럼 읽게 하고, 숫자를 소리 내어 읽는 일이 문장의 일부로 보이게도 한다. "40일간의 금식기도"에서는 숫자가 문장의 일부로 아예 편입되어 들어간다. 19부터 24까지는 숫자도 문장도 없다. '50가지 시작법'의 나열은 그렇게 단순한 '나열'이 아니다. 이 시는 '나열'의 방식으로, 그러나 '나열'이라 했을 때 떠올리게 되는 단순하고 단일한 규칙을 거듭 배반하고 부정하면서 층층이 쌓이고, 분산되고, 다시 쌓이기를 거듭한다.

윤지양의 시를 읽으며 '읽는' 자로서 나 자신이 가지고 있는 시선을 불편하게 감각하게 되는 것은 그 때문이다. 익숙한 방식으로 읽어나가려 할 때, 시는 읽기의 시선이 이미 편향되어 있다는 것을 불현듯 발견하게 한다.

글자만 보다가, 숫자만 보다가, 둘 다 봐야지 하고는 또
어느 하나에 몰입하고 있는 것을 깨닫기까지 오랜 시간
이 걸리지 않는다. 그러다 정말 '둘 다' 보게 되면 이제
는 내가 뭘 보고 있는 것인지, 뭘 본 것인지가 정리되지
않는다. 이것이기만 한 것도 저것이기만 한 것도 아니고,
이것이기도 하고 저것이기도 하니까, 그런 의미에서 이
것도 저것도 아니기도 하니까. 그러나 어떤 패턴이나 질
서가 전혀 없다고 말할 수도 없으니까. 그러면 나는 무
엇을 보았다고 말할 수 있을까. 무엇을 보았다고 이 글
을 시작할 수 있을까.

ㅂㅂㅂㅂㅂ

　　　　　나는 돌 말고 아무것도 안 봤어
　　　　　　　　　　　　　　─「대나무 숲」 부분

　무엇을 보았는가. 무엇을 보고 있나. 혹은 보고 있다
고 믿는 것은 무엇인가. 윤지양의 시를 읽으며 그런 물
음에 시달리게 되는 것은 그의 시가 '보기'의 편향됨
을 보게 하고 있기도 하고, 스스로 자신의 편향됨을 감
당하고 있기도 하기 때문일 것이다. 그의 시에서 인물
혹은 사물 들은 다양한 방식으로 본다. 그저 보이는 것
을 인지하기도 하고(「가위」), 멀찍이 구경하기도 하며

(「호수가 사랑한 오후」), 상대방의 눈을 곧바로 쳐다보거나(「14마일」), 무언가를 발견하려고 땅을 파기도 한다(「X」). 혹은 눈을 감고 무언가를 떠올리기도 하고(「누군가의 모자」), 사물의 주변을 서성이며 그 안에 눈에 보이지 않는 무엇이 있다고 가정하기도 한다(「가방 비평」).

그런데 이들 눈의 시선 혹은 생각의 시선은 대체로 무언가에 사로잡혀 있다. 왼편을 달려가고 있는 그림자의 환영에 가위눌리고 있거나(「가위」), "그것은 발견되어야만 한다"는 문장을 반복하고 있거나(「X」), "둥글고 속이 빈/채울 수 없는" "불쌍한… 가엾고 비열한… 따뜻하고 더러운…" 같은 말을 "매일 저녁 그렇듯 그날 저녁 또한" 반복하여 웅얼거리고 있기도 하다(「누군가의 모자」). 사로잡힌 것으로부터 벗어날 계기가 없는 것은 아니다. 움직이려 해도 꼼짝할 수 없이 가위에 눌린 사람은 갑자기 "탁" 하며 손을 움직이고 몸을 일으켜 방 바깥으로 나간다(「가위」). 공룡 뼈를 찾아 맨발로 모래를 헤집던 사람에게는 "그걸 찾아야만 하는 이유가 뭐야" "뼈를 맞추면 그릴 수 있어?" 같은 질문이 던져진다(「X」). 하지만 "그것은 발견되어야만 한다"는 말은 다시 한번 반복되고, 가위눌리던 사람은 알아차린다. "나는 일어나고 싶었는데/일어나지 못해 싫었는데 그/러지 못하고 있는 것이다"(「가위」). 한번 보는 일에 결박된 사람은 그것으로부터 쉬이 자유로워지지 않는다. 시선은 한

계 지어진 채로 되풀이되고, 보는 일은 가위눌리듯 갇히는 일, "물 모양이 별 모양"(「물 배우기」)이라고 믿는 일이 된다.

윤지양은 보기의 편향에 대해, 그 기울어짐과 닿아 있는 '사랑'과 '미움'에 대해 설명하지 않는다. 그가 하는 일은 다만 편향을 편향 그대로 재현해내고, 편향된 시선이 보는 것을 보이게 하는 것이다. 그래서 그의 시를 읽는다는 건, 시 속의 시선을 따라 대상을 보는 일과, 그 시선이 편향되어 있음을 알아보는 일, 그리고 편향된 시선이 보는 것을 다른 시선으로 다시 보는 일을 동시에 이행한다는 것이다. 이 중첩된 시선 속에서 시인은 묻는다. 나는 무엇을 보았는가. 당신은 무엇을 보았는가. 우리는 무엇 말고는 아무것도 보고 있지 않은가.

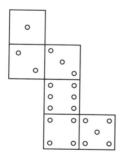

칸에 들어갈 수 있는 단어는 다음과 같다

⊡ : 배 비 방 별 밖 밤 벽 병 볼

□ : 벌레 보석 부적 방귀 부케 북어 바다 비누

⊡ : 배춧잎 바구니 복숭아 방앗간 봉선화 베이징 복상사

⊡ : 버섯농장 바람막이 바닷가재 보라색꽃 비타민디 빈
속에술

⊡ : 바로크양식 베를린광장 배나무다리 밤의마녀들 배
고픈거지

⊞ : 배심원의선택 보통이아닌데 바지락칼국수 배알이
꼴린다

칸에 들어갈 수 없는 단어를 나열하시오
———「ㅂ—여섯 개의 눈」(p. 10) 전문

「50가지 시작법」에서 볼 수 있는 것처럼 윤지양이
시선의 편향을 가시화하기 위해 즐겨 활용하는 방식은
'나열'의 쓰기이다. 이 시집에는 "ㅂ"이라는 제목을 가
진 시가 세 편 있다. 위에 인용된 것은 그 가운데 가장
앞에 실린 시이다. 눈이 하나에서 여섯까지 그려진 정
사각형 여섯 개를 두 개의 ㄴ 자가 붙어 있는 모양으로
연결한 그림 아래에 시험 문제가 이어진다. 그림에서
떼어 온 여섯 개의 사각형 모양의 기호가 눈의 개수를
기준으로 오름차순으로, 각각 행을 이루며 세로로 나열
되고, 각 사각형 기호의 오른쪽에는 단어들이 나열된

다. 나열의 규칙은 말로 설명되지 않지만, 한눈에 손쉽게 파악할 수 있다. 단어들은 사각형의 눈의 개수와 동일한 글자 수를 단위로 하여 쉼표 없이 띄어쓰기되며 이어진다.

이때 나열되는 문자들의 조합은 문제의 첫 문장에서 이미 '단어'로 규정된다. 하지만 띄어쓰기되어 있는 것들은 '단어' 단위가 아니다. "밤의마녀들" "배고픈거지" "배심원의선택" "보통이아닌데" "배알이꼴린다" 등은 문법 규칙대로라면 띄어 쓰여야 하는 말의 덩어리들이다. 문제의 '단어'라는 말의 기준은 그래서 의문의 대상이 된다. 그래도 이들 말 덩어리들이 모두 "칸에 들어갈 수 있는 단어"로 엮일 수 있는 것은 맨 앞 글자가 ㅂ으로 시작한다는 공통점 때문이다. ㅂ으로 시작하지 않는 말, 문법적으로 그것이 '단어'이든 아니든, 글자 수가 하나부터 여섯 사이에 있든 그렇지 않든, ㅂ이 아닌 다른 자음으로 시작하는 말 덩어리는 가장 먼저 "칸에 들어갈 수 없는 단어"가 된다. 촘촘히 나열되어 문제를 가득 채우고 있는 글자 ㅂ이 문제의 세계를 지배하듯, 아직 쓰이지 않은 답의 세계 역시 ㅂ이 지배한다. 답의 목록이 쓰일 때 맨 앞 글자로는 결코 등장하지 않는 방식으로, 보이지도 알아차려지지도 않는 방식으로 ㅂ은 목록의 옳음과 그름을 판정하게 될 것이다. 그렇게 ㅂ에 편향된 문제에 대해 가능한 답을 가늠해보는 일만으로 수험

자-독자는 배제와 판단의 틀에 묶인다.

　그러나 이 문제에 나열된 단어의 목록을, ㅂ이라는 공통분모를 어디까지 믿을 수 있을까. 같은 제목으로 반복되는 두번째 「ㅂ─여섯 개의 눈」에서 문제의 테두리는 한 겹 더 두꺼워진다.

　다음은 입체의 한 면이다

　┌─────┐
　│ 스크 │
　│ 류바 │
　└─────┘

　나머지 칸에 들어갈 수 없는 단어를 나열하시오
　　　　　　　　　　　　　─「ㅂ─여섯 개의 눈」(p. 45) 부분

　이 두번째 ㅂ의 세계에는 첫번째 문제─시와 세목은 다르지만 같은 질서로 ㅂ으로 시작되는 '단어'들이 나열되어 있다. 그다음 위에 인용된 부분이 덧붙는다. 이제 문제가 되는 것은 평면의 종이 위에 펼쳐져 있는 여섯 개의 사각형과 각 '칸'에 들어갈 수 있거나 없는 무수한 단어가 아니다. 여섯 개의 정사각형이 연결되어 있는 주사위의 보편으로서의 전개도는 단 하나의 입체인 주사위가 되고, 이 구체적인 주사위의 네 개의 눈이 그려진 '면'에는 문제에서 제시된 한 세트의 글자 조합이 새겨져 있다. 얼핏, 이제 핵심은 이 글자 조합이 새겨진 구

체적인 주사위의 나머지 면에 새겨질 다섯 개의 '단어'
이다. 그 단어의 목록이 확정될 수 있을 때 "나머지 칸에
들어갈 수 없는 단어"는 나열될 수 있다.

　그러나 이 문제에는 '출제자의 의도'를 묻게 되는 무
수한 지점이 있다. 우선 '한 면'에 적힌 단어가 무엇이라
고 확정할 수 있을까. 주사위의 네 점에는 순서가 없다.
그러나 글자들에는 순서가 있다. 우리는 왼쪽에서 오른
쪽으로, 그 가로선이 끝나면 아래 줄로 내려가 다시 왼
쪽에서 오른쪽으로 시선을 이동하는 읽기 습관에 따라
'스크류바'를 볼 것이다. 그러나 나열되는 "칸에 들어갈
수 있는 단어"들처럼 ㅂ으로 시작하는 '바류크스'나 '바
크류스', 혹은 시계 방향이나 그 반대 방향으로 '바류스
크' '바크스류'로 보아야 하는 것은 아닐까. 혹은 세로쓰
기 규칙에 따라 '크바스류'로, 혹은 시 「비스킷(28)」에서
시인이 재현하고 있는, 세로 읽기가 완료되기 전 띄어쓰
기로 벌어진 부분에서 왼쪽 상단으로 이동하는 읽기 방
식을 따라 '크스바류'로 읽어야 하는 것은 아닐까. 혹은
대각선으로 읽을 수도 있을까. 어떻게 읽든, 그것은 ㅂ으
로 시작하는 단어들을 나열한 목록과는 어떻게 관계되
어 있는 것일까. 문제가 보여주는 나열된 단어들의 세계
는 ㅂ의 세계가 아니었던 것일까. 문제가 '나머지 면'이
아니라 "나머지 칸에 들어갈 수 없는 단어를 나열"하라
고 한 이유는 무엇일까. 이 '한 면'에 적힌 '단어'가 무엇

인지를 판단하는 순간 우리가 보기로 선택하는 것과 보지 않기로 선택하는 것은 무엇인가.

　이런 것도 있다. 시 「K끼리의 시대」에서 시인은 "K끼리"라는 '단어'를 사용하는데, 이것은 때로는 '코끼리' 같은 명사로 보이고, 때로는 'K'라는 명사에 '－끼리'라는 접미사가 붙은 말 덩어리로 보인다. 같은 시에서 "(　　)"는 "(　　)가 달려갔다/(　　)도 달려갔다/(　　) 가 뛰쳐나갔다"처럼 서로 다른 명사들이 들어갈 배타적이지 않은 공백으로 보이기도 하지만, "(　　)들이 모여들었다"에서처럼 여러 명사를 통칭하는 명사만 들어갈 수 있는 제한된 자리로 보이기도 하고, 어쩌면 그냥 "괄호"라고 읽으면 될 것처럼 보이기도 한다. 「기억 비평」에서는 "*기억*을 방해하는 것은 생각이다 이　은 다른 *기억*을 일으키기도 하고 기　이 순차적으로 진　는 것을　는 다"같이 탈자脫字가 빈 공간으로 '쓰이'거나 "더 생각해 볼 것: ~~ㅋ와 카테고러. ㄱ~~화된 *기억*"에서처럼 글자들이 취소선 그어졌지만 취소되지 않은 채로 생생하게 읽힌다. 혹은 '기역'이라고 표기되어야 하지만 '기억'이라고 발음되기도 하는 'ㄱ'과 기울어진 명사 '*기억*'이 나란히 '기억'으로 읽히는 구절이 만들어지고 있기도 하다. 코끼리와 K끼리, 탈락된 글자와 띄어쓰기, 취소선과 취소되지 않은 글자, 낱의 자음 ㄱ과 기울어진 단어 *기억*, 이들 가운데 우리는 무엇을 먼저 보고, 무엇을 보기로 선택하는가. 무엇을 어떻게 봄으로 인하여 시인이 쓴 시는, 출제자가 있는 문제는, 어떻게 '해석'되는가. 그런 '해석'과 '비평'이란 어떤 편향과 편집을 조건으로 하는가. 쓰여 있는 것을 눈으로 보는 일과 그것을 무엇으로 상정하여 읽어내는 일, 그 사이에서 만들어지는 언어들, 나열되는 단어들, 그것들로 구축되는 '답'의 세계는 무엇을 보지 않음을, 혹은 보지 못함을 전제로 하는가. 이런 물음을 계속하는 것은 너무 지독한 일인가?

ㅁ ㅁ ㅁ

뼈를 맞추면 그릴 수 있어?
—「X」부분

보이는 것들의 세계에서 보기의 관성을 침해받지 않으면서 안락하게 살아갈 수 있는 사람에게 이런 물음들이 지독하고 지겨운 것이라면, 무엇을 보고 있는지를 되물을 수밖에 없고, 무엇을 보아왔는지를 혼란스러워할 수밖에 없는 사람에게 이 물음들은 간절하고 지독한 생의 방법론일지도 모른다. '답'이 있을 것 같은 ㅂ의 세계를 만들어내는 윤지양의 시들은 유희적으로 보이기도 한다. '문'을 뒤집어 '곰'을 만들고, 그 글자들을 크게 키우고, '곰'이 앞발로 쓰는 이름을 커다란 느낌표로 표시

하거나(「무소식의 방문」), 네모 안에 네모를, 그 안에 또 네모를 그리며 "즐겁지 않은 단무지"를 새겨 넣고(「네가 말하기를」), 다섯 가지 단어로 이러저러한 상태와 상황을 표현하는 방법을 '원칙과 응용' '실전'의 예시들로 나열하며(「다섯 가지 단어 설명서」), '복숭아'라는 말을 서른다섯 번 사용하는 시(「아 복숭아」)를 쓸 때에, 글자를, 단어를, 종이 위의 세계를 놀이하듯 활용하면서 그의 시는 무언가를 꽁꽁 숨기는 듯, 동시에 숨겨질 것은 아무것도 없다는 듯, 어깨를 으쓱한다. 그러나 '와이 쏘 시리어스?' 그것이 전부는 아니다. 이러한 '비평'이 가능하다면, 윤지양의 시는 놀이 자체를 목적으로 하는 것이기보다는 '해석'과 '비평'에 의해 엄숙하게 마련되어가는 '답'의 세계를 '놀이터'로 바꾸어 다른 말들이 발견되는 장소를 만들려는 작업으로 보인다.

새똥과 담뱃재 벽돌들

멍 멍 멍 멍 멍 계단 멍 멍 문 열어 멍
멍 멍 멍 멍 쾅쾅 계단 멍 멍 멍 멍 멍
멍 멍　쾅쾅쾅쾅 계단 멍 멍 쟁그랑

계단
계단
계단

눈이 나쁜 언니 계단에서 편지를 쓰는데
전단지 깔고 앉아 계단 빨간 글자를 찾자
동생은 아빠 신발을 계단 신고 굴러갔다

한 번에 세 칸 계단을 뛰어넘을 수 있다
연필이 굴러갔다 계단 계속 써야 하는데
구르다 멈춘 동생 계단 머리에 피가 나

떨어진 물건들 계단 거미줄을 뚫고 나간
나는 단 한 번도 계단 놀란 적이 없다
깨진 거울 위 굳은 계단 거미들의 무덤

만수야 노올자

―「주공 아파트」 전문

　세로로 벽이 세워져 있지 않아도 주공 아파트는 커다
란 ㅂ자 모양이다. 천장이 없는 옥상에는 새똥과 담뱃

재와 벽돌들이 있다. 그 아래 개 짖는 소리와 쾅쾅쾅쾅
쾅 문 두드리는 소리, 그릇이 깨지는 소리가 한 층을 가
득 채워도 바로 아래층은 정적, 아무 소리와 글자 없이
비어 있다. 그렇게 층들은 서로에게 무관한 개별의 '칸'
들처럼 보이지만, 옥상을 포함하여 여섯 개의 층은 서
로 계단으로 연결되어 있다. 계단을 의미하는 일과 보여
주는 일을 동시에 수행하고 있는 이 시의 '계단'들은 무
관한 것들이 무관하지 않은 나열의 세계를 만든다. 아빠
신발을 신은 동생은 3층에서 2층으로 계단을 굴러 머리
에 피가 나고, 3층 계단에 앉아 편지를 쓰는 언니는 "계
속 써야 하는데", 굴러간 연필을 찾아 2층을 헤맨다. 계
단을 굴러떨어지는 물건들은 거미줄을 뚫고 나가 1층
에 모이고, 거미줄에서 떨어진 거미들의 시체도 1층 계
단 아래 무덤처럼 쌓인다. 연필이 굴러가 마무리되지 못
하는 언니의 편지가 건물 밖으로 발송되지 않는 것처럼,
주공 아파트의 일들은 주공 아파트 안에서 이루어진다.
이 계단의 건축물 안에서 "나는 단 한 번도 계단 놀란
적이 없다".

　그런 아파트 밖에서 누군가 만수를 부른다. "만수야 노
올자". 만수는 일출이 늦은 계절의 새벽 5시 22분에, 5시
58분에 '비평'을 쓰는 "만수킴"(「가방 비평」「기억 비
평」)이다. 만수킴은 우주에 존재하는 가방이란 1. 그 안
에 필통을 가지고 있거나 2. 필통을 가지고 있다고 상상

될 수 있는 것이라고 생각한다. 만약 가방 안에 필통이 없다면 잠시 당혹감이 조성되겠으나, "그것은 없었던 적이 없다". "가방 안에 필통이 있다"는 것은 *기억*이 "1. 경험한 것을 머릿속에 저장한" 것과 "2. 머릿속에 저장한 것을 읽어 들인" 것으로 나누어질 때, 편집되고 재단된 2번의 *기억*이 1번의 *기억*과 마찬가지로 *기억*인 것과 같다. 진짜 있는 것과 있다고 생각하는 것이 같지 않을 수 있는 정도의 불안은 떨어진 물건들이 기껏 거미줄을 뚫고 나가는 것처럼, 머리에 피가 나도록 구른 동생이 3층에서 시작하여 2층에서 멈추는 것처럼 주공 아파트 건물 안에서, '*기억*'과 '비평'의 논리 안에서 만수킴을 끝내 놀라게 하지 않는다.

그런 만수를 건물 바깥으로 부르는 목소리는 누구의 것일까. "만수야 노올자", 친구를 부르는 어린아이의 목소리는 윤지양의 시에서 ㅂ의 바깥에, 혹은 ㅂ의 전에 있다. "나의 기쁨과 슬픔을/함께 나누고 싶어"(「돌멩이 동화」), 영문도 모르고 태어나 "길가에 홀로 덩그러니 앉아 있"(「누군가의 모자」)는 돌멩이는 기쁨과 슬픔을 나누기 위해 만수를 부른다. 그러나 천년이 지나도록 만수는 건물 밖으로 나오지 않는다. 그런 만수를 돌멩이는 만나러 가지 못한다. 구를 수 없기 때문이다. 어디든 굴러가는 "완벽한 단 하나의 ㅇ"을 죽도록 부러워하며 돌멩이는 "나는 왜 움직일 수 없"는지를 묻는다(「ㅂ」, p.

107). 내 몸의 잘못으로 움직일 수 없는 거라면, 내 몸의
생김새로 "나의 기쁨과 슬픔을/함께 나"눌 수 없다면,
돌멩이는 제 몸을 구를 수 없어 잘못인 몸으로 발명하
고, "완벽한 단 하나의 ㅇ"이 되기 위해 관절을 누른다.
그러나 관절은 둥글게 펴지지 않고 돌멩이가 할 수 있는
것은 관절을 부러뜨리는 일, 기쁨과 슬픔을 나누기 위해
자기 몸을 나누는 일이다. "아파/아프다고"(「ㅂ」) 고래
고래 악을 쓰며 부러지다 "탁"(「가위」), 돌멩이는 *기억*
처럼 ㅁ이 되고, ㅁ 모양으로 ㅂ의 세계를 이루는 벽돌
이 된다.

아직 작대기가 발명되지 않았을 때
ㅁ은 다른 세계를 생각할 수 없었다

ㅁ은 작대기를 모르므로
지금 말하는 게 작대기인 것조차 모르므로
스스로를 발명해야 했다
―「ㅂ」(p. 107) 부분

이 시집에 실린 「ㅂ」 연작 가운데 마지막 시는 부제
를 달지 않은 채 ㅁ의 기억을 서술한다. ㅂ 아래 적히는
ㅁ은 ㅂ의 과거로, 혹은 ㅂ의 일부로 여겨진다. 작대기
를 모르던 시절 닫힌 공간이었던 ㅁ은 제 몸이 부러지고

분해될 수 있는 작대기들의 배열이라는 것을 알았을 때, "천장이 무너"져 내렸을 때, "이제 무너진 공간"으로 ㅁ 위에 두 개의 작대기로 만들어진 옥상을 가진다. "기쁨과 슬픔을 나누고 싶어"서 만수와 놀고 싶어 하던 어린 돌멩이가 ㅂ의 단어들이 쉼표로 연결되는 「봄, 벼랑, 발가락」속 세계에서 그려질 때, 과거는 이미 항상 ㅁ이었던 기억, ㅇ을 동경하다 ㅂ의 세계에 진입한 "기호화된 *기억*" "ㄱ화된 *기억*"(「*기억* 비평」)으로 있다. 이 기억의 서사 안에서 ㅁ은 아프지만 안락하고, 더 이상 외롭지 않다.

그러나 작대기가 발명되었을 때, 말하는 모든 것이 작대기로 이루어진다는 것을 알게 되었을 때, "태어난 이라면 누구나 느낄 법한 수치심이라든지 부끄러움"(「누군가의 모자」)을 느끼지 못하던 존엄한 돌멩이는 타인이 휘두르는 작대기에 몸을 맞고, 자신이 휘두르는 작대기에 스스로 찔리며, 타인의 손가락을 잡히는 대로 씹어 먹는다. "머리는 왜 그렇게 자른 거야/앞머리를 두껍게 내려서/머리가 새까매 보이잖아/사람이 무거워 보이잖아" 그런 언어들 앞에서 속수무책으로 따라 웃다가 "그런데 왜 웃었어"라는 물음에 시달리기도 하고(「대나무숲」), 자신이 소파인 줄 모르는 '시인'이 되어 "나는 고래다(푸욱)/아픈 코끼리다(푸욱)/은빛 아나콘다다(푸욱)" "매번 짧고 명료한 문장으로 쿠션의 이곳저곳을 푸욱 찔러"(「어느 날 소파는 자신이 시인이라고 생각했

다」)대며, "매끈한 해를 비웃지 마시오 뭘 봐 시발새끼
야 배때기를 갈라버린다 지나가는 자동차에 욕하지 마
시오 어디서 빵빵거리고 지랄이야"(「붙잡는 거지 그럼
에도 걷지」)처럼 타인의 언어를 삼켜 나의 무기로 휘두
른다. ㅂ 안의 ㅁ은 찌르고 찔리는 가운데에서만 외롭지
않고, "가방 안에 필통이 있다"고 상정하는 언어에 동참
하여 너는 어떻다, 나는 무엇이다, 몰라도 아는 듯, "다"
로 끝나는 단언하는 말들을 무수히 만들어낸다. 그러다
보면 "차가 왔니 오지 않았니", 보고 판단하여 말하는 일
에 취조당하듯 시달린다. ㅂ의 세계에 들어온 이상, "모
르겠어요 정말 모르겠어요"(「사고실험」), 아무리 말해
도 '모르겠다'는 말은 "말할 수도 없고/말해도 들을 사
람도 없"다. 무엇을 보았는가. 무엇으로 보았는가. 칸
에 들어갈 수 있는 단어를 나열하시오. 칸에 들어갈 수
없는 단어를 나열하시오. '답'의 리스트가 정해져 있
는 ㅂ의 안쪽에서 ㅁ은 "무엇을 담으면 넘치지 않을까"
"무엇을 담으면 부족하지 않을까"(「생각이 나서」) 생각
에 잠긴다. 기호의 세계 안에서 기호는 기호이기를 멈
추지 않는다.

　"만수야 노올자", 만수를 부르는 목소리는 그렇게 작
대기를 휘두르며 ㅂ의 세계, 혹은 비평의 세계에서 놀랄
일 없는 생각에 잠겨 살아가는 만수가 된 나에게, ㅂ이
되어가는 ㅁ에게, 그 세계의 바깥이 있다고, 혹은 돌아갈

수 있는 시절이 있다고, 돌멩이가 *기억*처럼 말을 거는 소리가 아닐까. "나의 기쁨과 슬픔을/함께 나누고 싶어"서 아프고 간절하게 ㅁ이 되고 ㅂ이 된 돌멩이의 마음을 "만수야 노올자", 목소리처럼 기억하면, 작대기를 휘두르며 "멀쩡한 물건을 꿰뚫고 그 속으로 파고들"어 "눈을 찌르는"(「환상열차분야지도」) 것이 ㅁ의, ㅂ의 전부가 아닐 수 있는 방법을, "32자해 혹은 자기혐오"(「50가지 시작법」)만이 가능한 시작법이 아닐 수 있는 방법을 궁리하게 될지도 모른다. 그렇게 윤지양의 시는 "노올자", 이 목소리를 붙들고 "모르겠어요 정말 모르겠어요", 놀이를 한다. 글자들이 멋대로 커졌다 작아졌다, 가로로 늘어서다 세로로 늘어서다, 문자였다 그림이었다 하고, 기호들이 뒤섞이기도 하며, 벽돌 대신 오렌지가 끼워 넣어지기도 하는 가운데, 그 글자들의 세계에서 문제는 해석되지 않고 완료되지 않으며 답을 찾는 일은 자꾸 의문 속에 놓인다. 돌멩이가, 시인이 "사랑하는 유일한 방식"이 바로 "쓰는 것"(「환상열차분야지도」)이라면, 쓰기를 저버리지 않기 위해 다른 쓰기의 방법을, 손쉽게 해석하고 판단하기 어려운 채로 남겨질 수 있는 쓰기의 공간을 시인은 계속 만들어가야 한다.

언어로 비평의, 혹은 놀이의 집을 쌓아가는 일과 그 언어의 편향을 신뢰할 수 없는 마음이 어느 하나를 잡아먹어버리지 못할 때, 윤지양은 '쓸 수 없음'에 관하여 쓴다. "못 쓰는 사람들의 모임"을 대가리와 다리, 또 다리, 작은 대가리의 기호로 표기하고 네모 안에 가둔 채 "장도리는 어디에"(「못쓰모: 못 쓰는 사람들의 모임」)라고 묻거나, '민트'가 천장을 뜯어가버린 다음, 오는 것이 보이지만 오지 않던 구름이 어느 날 갑자기 비를 내려 물에 잠기고 말 집, ㄴ에 관하여 말하거나(「민트의 집」), "더 이상 쓸 수 없"는 구멍 위로 글자가 제 코트를 벗어 덮어주는 장면을 그리기도 한다(「가. 나. 다.」). 혹은 "역사가 무너지고 있었다"(「석수」), "집이 부서지고 있었다" "목사님이 깨어질 때 우리는 파편을 보고 있었습니다"(「환상열차분야지도」), "집은 무너진 지 오래라"(「현대미문의 사건」)와 같이 언어가 더 이상 안락한 집으로 기능하지 못하고 파편으로 남게 되는 광경을 반복하여 불러오기도 한다. 그러나 "안온하다면 쓰지 않을 것이다", 이 문장을 에둘러 읽지 않아도 괜찮다면, 윤지양은 자신이 구축하는 시의 세계에서도, 시를 쓰지 않는 비非-시詩의 세계에서도 '안온'하지 않다. 그래서 그는 "꼬리에 꼬리를 물고/쓰는 법을 잊"어도 "잘린 꼬리를 물고" 쓰기에 관해 궁리해야만 한다. 계속해서 쓰면서, 어떤 쓰기에서도 안식하지 않으면서.

그러나 안식하지 않는 쓰기가, 놀이터를 만들려는 쓰기가 ㅂ의 세계에, 종이 위에 나열되는 글자들이 만들어내는 편향에 여전히 결박되어 있다는 것을 그는 안다.

언어의 편향 그 바깥은 없다. 붉은 벽돌을 오렌지 벽돌로 대신하여 넣었을 뿐인 것에 사람들은 "대단해요/어쩜 그런 생각을 했어요"(「投」)라며 반짝이는 무언가를 씌워 해석해버리고, 어쩌면 시인 역시도 잘 모르겠는 것을 모르는 채로 두는 글을 쓰려는 때에도 들여다보고 해석하려 하는 "반짝이는/눈동자"들을 "그리워"(「현대미문의 사건」)하기도 한다. 타인에게 인식되기 위해, 타인과 이야기를 나누기 위해 우리가 관절을 누르고 부러뜨려 언어의 장 안으로 들어가는 것처럼, 나의 무엇을 '나누고 싶'은 마음의 간곡함은 언제나 어떤 편향을 요청하고, 스스로 편향에 시달리기도 한다. 무언가를 바라봐온 나 자신의 시선과 나를 바라보는 타인들의 시선에 어떤 방식으로든 의지하는 말의 관성에 시달리면서 바로 그 관성을 시험하고 불안하게 해야 하는 윤지양 시의 놀이는, 그래서 즐겁고 유쾌한 유희만은 아니다. 윤지양은 스스로 나열하는 글자들을 기차처럼 타고 가다 자기가 낳은 곰의 붉은 눈과 마주친다. 그때에 그는 차를 멈추고 자기만큼 커져 있는 곰과 "서로의 뺨을 갈"긴다(「14마일」).

50

말했던 아이는 대답을 못 하고
—「작은 이야기에서 만난 작은 사람들」 부분

어쩌면 이 시집의 시들은 곰과 '나'처럼 서로의 뺨을 때리고 있는지도 모른다. 기쁨과 슬픔을 누군가와 나눌 수 있기를 바라는 자의 언어를 향한 욕망과, 언어를 작대기처럼 휘두르며 타인과 자신을 규정하려는 자의 시선을 무력하게 만들어 보여주려는 언어적 작업과, 언어를 욕망하는 마음이든 언어가 폭력이 되는 장면이든 지금 여기의 언어로부터 벗어나고 싶은 마음을 끝내 다시 '쓰는' 자의 피로, 그리고 사랑으로든 미움으로든 쓰기를 계속하기 위해 새로운 언어를 찾는 마음의 어찌할 수 없음까지, 이 시집에는 언어를 둘러싼 다양한 마음과 태도가 '통일'되지 않은 방식으로 엮여 있다. 그 가운데 어느 하나 각자의 방향으로 기울어지지 않은 것은 없다. 어쩌면 윤지양의 시에서 '균형'이나 최종적 '해결', '정답' 같은 것은 없는지도 모른다. 다만 언어를 꿈꾸는 돌멩이와, 게으른 비평가 만수와, 목사님의 언어를 등지고 관 속에 들어간 '우리'와, 수백 년을 살아남아 새로 쓰는 법을 고민하는 "열두번째 쥐"가(「환상열차분야지도」), 그리고 그들 각각의 편향을 편향인 채로 드러내 보여주는 윤지양의 언어가 모두 만나는 곳이 그의 시집 속 세계인지도, 그 모든 언어를 신뢰하고 미워하고 부러뜨리고 그리워하는 장소가 바로 이 시집인지도 모른다.

마트로 가는 길에 넘어질 확률은

세상이 한 발로 뭉개지는 경험만큼 빈번하며

바나나의 속은 알 수 없다

이것은 아직 일어난 일이 아니다

—「뮤즐리 그러나」부분

　　과자도 음료수도 냉동식품도 구역 구역 종류별로 일
렬종대 나열되어 있는 마트 안에서 "카트를 끄는 광경을
생각하는 것은 쉽"다. 카트 안에 담기게 될 바나나에 대
하여 "몇 줄 쓰는 것"도 "어렵지 않"다. 그러나 이미 마
트에서 카트를 끌고 있다는 환상에 젖지 않으면서, 바
나나의 속을 보았다는 착각에 빠지지 않으면서 마트까
지 가는 길은 넘어질 확률투성이다. 그만큼 환상은 힘이
세다. 윤지양의 시는 그 환상을 등지지 않고 그 길을 걷
는다. 그에게 중요한 것은 마트에 다다르는 일도, 카트
를 씽씽 끌고 다니는 일도, "바나나의 속"을 '아는' 일도
아니다. 마트 안의 안락하고 상쾌한 세계가 얼마나 많은
함정들을 모르는 체하는지를 아는 일, 길이 고르든 울퉁
불퉁하든 충분히 넘어지는 일, "세상이 한 발로 뭉개지
는 경험"을 빈번하게 견디며 줄곧 언어의 길을 걷는 일
이 윤지양의 시가 하는 일이고, 그가 시를 쓰는 방법이
아닐까. 그 방법을 보았다고, 말할 수 있을까. ▨